Je n'ai plus que cet exemplaire de ma Satire
C'est un que je ne receverois, mais puisque
, cette misere
vous souhaittez ~~calhcurcuse~~ je vous l'envoie
manuscrit avec beaucoup de plaisir. C'est manuscrit
que je vous refuse un jour absolument, vous
trouverez déjà des corrections, nombre de ratures
j'effacerai bien d'autres choses quand je songerai
plus serieusement à le corriger.
Je vous envoie avec un journée de deuil aujourd'hui
celle-là, qui a bien l'air de ne jamais paraître dans
une
édition de mes œuvres. C'est un enfant qui ne
me fait guères d'honneur.
Mon amour propre m'aurait fait la désavouer
[illegible]

Yo

SATYRE

SUR LES HOMMES,

A MONSIEUR LE COMTE DE B**.

Par M. R**.

Imitation de la dixiéme Satyre de Juvénal.

A LA HAYE,

Chez JEAN NEAULME.

M. DCC. LVIII.

SATYRE

SUR LES HOMMES.

TOI, que la raison guide au sein de la richesse,
Qui sçais mettre à profit le tems de la jeunesse,
Qui tires moins d'éclat du rang de tes ayeux,
Que des rares vertus dont tu frappes nos yeux ;
Comte, je te présente un satyrique ouvrage ;
L'hommage t'en est dû , je l'ai fait pour le Sage.

Saisi des noirs accès du sombre Juvenal,
Je vais citer le monde à notre Tribunal,
Non, ces hommes pervers, l'opprobre de la Terre,
Souillés d'assassinats , d'inceste , d'adultére ,
Mais ces hommes pétris de préjugés , d'erreurs ,
En proye à cent desirs qui déchirent leurs cœurs

Malheureux dans leurs vœux, quand les Dieux les confondent,
Plus malheureux fouvent, quand les Dieux les fecondent.

Jaloux de poſſéder un immenfe tréfor,
Midas obtint des Dieux de changer tout en or ;
Mais il ne tarda pas à fentir fa folie ;
Avec profufion fa table étoit fervie,
La faim l'y conduifoit à pas précipités ;
Les mets difparoiſſoient à fes lévres portés ;
Le tréfor qui naiſſoit à fa fatale approche,
Répandoit dans fon fein l'horreur & le reproche.
Il mouroit confumé de fon propre defir ;
Avare, le portrait eſt facile à faifir.
Vous changez tout en or, & la foif des richeſſes
Vous plonge tous les jours dans les mêmes détreſſes,
Oui, vous facrifiez befoins, honneur, repos,
Au defir d'augmenter la fource de vos maux ;
Pour fonger à vos biens, vous oubliez de vivre ;
Vous domptez les aſſauts que le fommeil vous livre ;
Inquiet, deſſéché, vous périſſez, enfin,
Ayant vous-même armé la mort ou l'aſſaſſin.

Voilà l'abus du bien, mais faifons-en ufage,

Nous ſçaurons , direz-vous , en tirer avantage ;
Sçaurez-vous compâtir aux malheurs des humains ,
Tendre aux infortunés de bienfaiſantes mains ,
Relever la vertu , ſoutenir l'innocence ;
Prévenir les beſoins , obliger en ſilence ,
Par de ſimples dehors tempérer vos grandeurs ;
Acquérir des Amis , & non pas des flatteurs ;
Gouverner en un mot , moins en Maître qu'en Pere
Ces Mortels aſſervis par leur ſeule miſere ,
Leur préſenter un front qu'ils puiſſent regarder ,
Honorer l'homme en eux , & non le dégrader ,
Alors vous connoîtrez le prix de la fortune.
C'eſt ainſi , qu'élevant ton ame peu commune ,
Fidéle imitateur des vertus de ton ſang
B * * tu ſçais jouir de ton illuſtre rang ;
Mais quoiqu'avec reſpect la vertu te contemple
Il eſt peu de Mortels qui ſuivent ton exemple.
Le bien pour l'ordinaire aux hommes eſt fatal ,
L'un n'en fait point uſage , & l'autre s'en ſert mal.

Inſenſible témoin de la miſére humaine ,
Lucullus , dans quels maux votre bien vous entraîne ;

Fuyez des vains plaisirs les dangereux appas,
Par un chemin honteux ils ménent au trépas ;
Craignez cette molesse où vous passez la vie,
Trop de soins pour vos jours, hâtent la maladie ;
Tant de ménagemens pris sans nécessité,
Un Médecin gagé pour vous voir en santé,
La rigueur des saisons que vous n'osez combattre,
Votre indolence enfin, ne sert qu'à vous abattre.
Toutes les passions viennent vous déchirer,
Vous rendre malheureux & vous deshonorer.
Le Sexe, dont votre or met à prix la foiblesse,
Vous prépare en ses bras une affreuse vieillesse,
Le jeu devient pour vous une nécessité,
Qui vous punit souvent de votre oisiveté.
Vos splendides Banquets achévent votre perte,
Des mets les plus exquis votre table est couverte,
Ces mets empoisonnés recélent dans leur sein
Tous les maux que Pandore a fait au genre humain,
C'est en vain qu'abattu par des veilles fréquentes,
Vous croyez réparer vos forces languissantes,
Les maux, l'inquiétude, & la réflexion,
Le pénible travail d'une indigestion,
Qui porte dans vos sens un feu qui les consume,

Viendront vous enlever étendu sur la plume,
Ce précieux repos qu'un obscur malheureux
Goute au bruit du Tonnerre à la face des Cieux.
Mais ce n'est pas assez des maux où les richesses
Vous plongent tous les jours par vos seules foiblesses ;
Vous avez leurs dangers encor à redouter,
Ils seroient suffisans pour vous en dégouter.
On ne boit pas la mort dans des vases de terre,
On n'en est pas frappé couché sur la poussiere ;
Dans une coupe d'or l'héritier la répand ,
L'assassin est caché sous le rideau d'un Grand.
Souhaitez donc des biens , voilà leurs avantages ;
Mais dans vos autres vœux, vous n'êtes pas plus sages.

Mortels ambitieux qui dans la Cour des Rois
Poursuivez la faveur & les premiers emplois ,
Hélas, que faites-vous, la mer a moins d'orages,
Carybde est moins fameuse en célébres naufrages ,
Que ce Pays affreux où vous vous condamnez
A passer sans honneur des jours infortunés.

Rappellez-vous Lausun : sa fortune rapide
Offre d'un beau destin le spectacle perfide ;

Lausun plaît à la Cour, & laisse loin de lui
Des Rivaux trop heureux d'obtenir son appui,
La Maîtresse du Maître, à qui tout rend hommage,
La fiere Montespan le craint & le ménage,
Les femmes de la Cour se disputent son cœur,
Le sang même des Rois s'émeut en sa faveur.
Oui, Montpensier oublie en le voyant paraître
Sa fierté, sa pudeur, le sang qui l'a fait naître,
Elle va l'épouser, l'amour a surmonté
Tout ce qui s'opposoit à sa félicité ;
Tu ne peux approcher plus près de la Couronne,
Lausun, voilà le terme où le sort t'abandonne.

Quel souffle a renversé ce Courtisan heureux ?
Le souffle de la Cour, ce souffle dangereux
Qui corrompt avec art, par sa noire influence ;
Le geste, le coup d'œil, le mot, & le silence ;
Et ce souffle de mort répandu dans la Cour
Ne vous éloigne pas de ce fatal séjour !
O foibles Courtisans, quel charme inconcevable
Vous retient sur le bord de ce gouffre effroyable ?

Eſt-il quelque plaiſir comparable aux revers
Dont vous allez bientôt amuſer l'Univers ?
Je vous ſuppoſe au rang où votre orgueil aſpire,
J'y vois un malheureux que le remords déchire,
Dont le repos s'éloigne , & que l'ennui pourſuit,
Qui trahit l'amitié , que l'amitié trahit,
Un homme libre enfin qui s'eſt laſſé de l'être,
Dont le bonheur dépend du regard de ſon Maître.
Par quel art , par quels ſoins vous faut-il ménager
Ce vent de la faveur ſi facile à changer ?
C'eſt le dernier effort de la ſoupleſſe humaine.
Comme un vil criminel vous montez ſur la ſcène
Pour vous couvrir d'opprobre, & mourir lâchement
Dans les longues horreurs d'un triſte dénoûment.

Laiſſons le Courtiſan pour contempler le Maître :
Vous le croyez heureux , vous l'enviez peut-être :
Détrompez-vous. Un Prince eſt bien loin du bonheur ,
C'eſt un homme accablé du poids de ſa grandeur ;
Entouré de Sujets qui marquent ſa puiſſance,
Son cœur embarraſſé gémit de leur préſence ;

Une servile Cour le prend à son réveil,

Et le poursuit encor dans les bras du sommeil.

Que d'instans dans le jour donnés à la Couronne

Pour honorer le Maître, & lier sa personne ;

L'hommage qu'on lui rend à son tour l'asservit,

Toujours il représente, & jamais il n'agit ;

L'amour & l'amitié, ces besoins de la vie,

Vains noms, que sa fierté donne à la flatterie ;

Il cherche, & ne connoît jamais la vérité ;

On lui parle, sans cesse, un jargon apprêté,

A pénétrer son ame on borne sa science,

On lui dit ce qu'il veut & non pas ce qu'on pense.

Joignez à ces abus cruels & dangereux

Le pénible embarras de rendre un Peuple heureux,

Et si vous aspirez au bonheur de la vie,

Vous ne sçauriez sur lui jetter un œil d'envie.

Trompé, flatté, séduit, & toujours sous nos yeux,

C'est l'homme le moins libre & le plus malheureux.

Scylla veut commander : le cruel sacrifie

Son honneur, son repos, le sang de sa patrie ;

Rien ne l'arrête enfin, Rome est un champ de mor*

Où la proscription vend le foible au plus fort,

Où s'éleve un empire au milieu de ses crimes,

Cimenté par le sang, entouré de victimes,

Il contemple avec joie au sein de ses fureurs

Le funeste degré qui le méne aux grandeurs,

Il n'importe à quel prix le Destin le seconde :

Eût-il fallu monter sur les débris du Monde,

Il eût voulu régner, l'empire est assez beau

Pour oser l'élever sur un vaste tombeau.

Eh bien, à la faveur de l'effroi qu'il inspire,

Scylla parvient en paix à gouverner l'Empire,

Le voilà satisfait : non, l'objet de ses vœux,

Cet Empire acheté du sang des malheureux,

Dont la foudre à la main, il s'est frayé la route,

Tranquille possesseur, bientôt il s'en dégoûte,

Il abdique, & l'Etat le laisse vivre en paix,

Quoique son sein ouvert saigne de ses forfaits.

Je ne sçaurois t'offrir un plus célebre exemple,

Sujet ambitieux, arrête & le contemple.

Monarque, je te garde un plus riant tableau,

Christine va sortir des ombres du tombeau.

La Suede est son Trône, & Rome est son asyle,

Elle vole admirer les Arts dans cette Ville,

Vivre avec des amis dans l'oubli des flatteurs,

Et goûter le repos en quittant les grandeurs,

Elle defcend du Trône en Reine d'elle-même,

Qui garde fur fon cœur l'autorité fuprême,

Qui ne veut rien du fort, que cet empire heureux

Qui place un Philofophe entre l'homme & les Dieux.

Marchons aux Conquérans : ces fléaux de la Terre,

Que de monftres humains, enyvrés de la guerre,

Admirent ces Mortels, dont les faits renommés

Sont en lettres de fang dans l'Hiftoire imprimés;

Foudroyons ces Tirans : l'humanité me crie

Qu'il faut avec audace arrêter leur furie,

Arracher les lauriers dont ils ceignent leur front,

Expofer leurs revers, & les couvrir d'affront.

Aléxandre, vainqueur de l'Afie étonnée,

N'a point encor rempli fa trifte deftinée,

Son cœur ambitieux vole au-delà des mers,

Il cherche à conquérir un nouvel Univers,

Il étouffe à l'étroit dans l'enceinte du Monde:

Malheureux, il eft tems que le Ciel te confonde;

Rentré dans Babylone, un modefte cercueil

Eft tout ce que le fort réferve à ton orgueil.

Que j'aime à te placer auprès d'Abdolonime !

Sa modération arrache mon eſtime,

Il fait, pour être heureux, moins que toi de chemin,

Tu ravages le Monde, il cultive un Jardin.

Contemplons Annibal : ce fameux Capitaine ;

Dont le Tibre éprouva la valeur & la haine :

Il ſubjugue l'Eſpagne, il franchit hardiment

Au milieu des hyvers ce long enchaînement

De monts audacieux, & d'abîmes horribles,

Tombeaux de la Nature, & lieux inacceſſibles,

Ces Alpes, en un mot, élevés par les Dieux

Pour ſervir aux Mortels de barrieres entr'eux.

L'Italie eſt déja ſous ſon obéiſſance,

Rome tremble à ſon nom, & Carthage l'encenſe,

Allons, dit-il, Soldats, courir d'autres hazards,

C'eſt à Rome qu'il faut planter nos étendards.

Eh bien, que devient-il ? ô gloire ! ô vaine gloire !

Au lieu d'entrer à Rome, après une victoire,

Il ſera trop heureux dans un retour du ſort,

Pour éviter ces murs, de ſe donner la mort ;

Un poiſon le ſouſtrait à ce char de victoire

Où Scipion l'attend pour couronner ſa gloire.

Paſſons à Charles Douze : un exemple récent
Fera ſur les eſprits un effet plus puiſſant.
Ce Monarque du Nord ébranle la Ruſſie,
Ote & donne en un jour un Maître à Varſovie ;
L'Europe retentit de ces faits glorieux,
C'eſt un Soleil naiſſant qui bleſſe tous les yeux,
Mais bientôt éclipſé pour le bonheur du monde
Tout rentre avec le tems dans une paix profonde.

Superbe Frederic contemple ce tableau
Le ſort d'un Conquérant, n'eſt ni conſtant ni beau.
Quels triomphes honteux dans les champs germaniques
Pourſuivent ; ſans remords , tes fureurs politiques ?
Un Prince généreux au rang de tes amis,
T'accorde le paſſage & ſe trouve ſoumis,
Ta pleine autorité trompant ſa confiance,
Subjugue en tems de paix un Pays ſans défenſe.
Dreſde & Leipſic ſont pris. Quels horribles excès !
Une Garde odieuſe inveſtit le Palais,
On pille les tréſors, on force les Archives,
On parvient juſqu'au Trône, & parmi les Captives,
Je diſtingue une Reine à qui l'Uſurpateur
Donne d'illuſtres fers qui le chargent d'horreur !

Les prisons ne sont point le séjour des coupables ;
La licence y conduit des vieillards respectables,
Le enfans sont ravis aux besoins, à l'amour
De ce Séxe impuissant dont ils tiennent le jour ;
Le Citoyen tremblant privé du nécessaire,
Voit l'horreur de la mort du sein de sa misére ;
Les Champs offrent de même un spectacle d'horreurs,
Ils ne sont arrosés que de sang & de pleurs ;
La Nature gémit sous le poids des armées
Les arbres sont détruits , les moissons abîmées ;
Plus de cultivateurs, le foible Paysan
S'échappe , & va mourir loin des yeux du Tyran.
Ces instrumens sacrés qui forcent la Nature
A se couvrir pour nous d'une utile parure,
Frederic les détruit sans craindre un Dieu Vengeur ;
Pour laisser après lui subsister sa fureur.
Quel renom, poursuis-tu ? le même qu'un profane
S'est fait en consumant le Temple de Diane.

Détournons nos regards sur de simples humains
Qui vous éclipsent tous, superbes Souverains.
C'est vous, divin Socrate , illustre Demosthene !
Quoi, l'abîme des tems où disparoît Athene ,

Où tant de grands Etats vont se précipiter,

Dans la nuit du tombeau n'a pû vous arrêter !

Vous vivez & tout meurt ! vous me feriez envie,

Si je me déguisois les maux de votre vie ;

A quoi sert l'avenir dont on ne jouit pas,

Quand l'instant du bonheur s'échappe de nos bras ?

Quel fruit as-tu tiré de l'Etude du Monde,

Socrate ? où t'a conduit ta science profonde ?

Dans les prisons d'Athene, ~~où la férocité~~ *où tu trouvas la mort*

~~Sacrifia ta vie à l'Immortalité.~~

que de sages mortels ont eu le même sort.

Demosthene , demeure aux forges de ton pere,

Le Bon-homme en repos y finit sa carriere,

Pourquoi veux-tu tenter de plus nobles travaux ?

Laisse dormir la Grece, & marcher un Héros;

Les Grecs s'animeront au feu de ton génie,

Mais il t'en coûtera le repos & la vie.

Evitez de fronder les abus , les forfaits ;

Voyez tout sans rien dire, & vous vivrez en paix.

Ces Grecs auroient atteint le but de leur carriere;

S'ils avoient sçû cacher leur bile ou leur lumiere.

Peut-on

Dans les prisons d'Athenes où tu finis ton sort

L'oracle d'apollon fut cause de ta mort

Peut-on penser ; sentir , & ne pas s'indigner
De voir ramper l'honneur & le crime regner ,
De voir un Créancier , jeûner de l'abondance
Où vit à fes dépens un homme d'importance.
Peut-on voir ? fans graver ces horreurs fur l'Airain ,
Un faftueux Traitant , nourri de fang humain ,
Braver infolemment la publique détreffe
En pendant fes larcins au col d'une Maîtreffe.
Peut - on voir ? fans humeur , fans altération ,
Un Pontifé engraiffé des Dixmes de Sion ,
Prêcher l'auftérité , vivant dans la moleffe ,
Et le mépris des biens au fein de la richeffe.
Peut-on voir la Juftice ? aux mains de la Beauté
Remettant fa balance , & fon autorité ,
Ou recevant le prix d'une énorme injuftice ,
Prononcer par foibleffe , ou bien par avarice.
Non , l'indignation doit infpirer des vers ,
Il faut frapper le crime aux yeux de l'Univers.
Mais je veux , qu'évitant le plaifir de médire ,
Redoutant les dangers d'une utile Satyre ,
 Votre fublime efprit s'ouvre un autre chemin ,
Vous ne jouïrez pas d'un plus heureux deftin.

B

Craignez les envieux, vos œuvres, ces merveilles,
Le fruit de tant de foins, le fruit de tant de veilles,
Enfans, comme Pallas, fortis de vos cerveaux,
Sacrifiés, fans honte, à d'indignes Rivaux,
Abbattus, étouffés dans les bras de l'envie,
Vous font fouffrir la mort en leur donnant la vie.
Vous revenez enfin de ce cruel état,
Le nuage s'entr'ouvre, & l'on voit votre éclat :
L'envie en eft bleffée & détourne la tête,
Elle fuit, mais craignez une horrible tempête,
Elle va préparer, mille poifons affreux,
Débiter fourdement, mille traits fcandaleux,
Noircir votre conduite, & vous couvrir de blâme,
Eclipfer vos talens, par l'horreur de votre âme.

Exemple malheureux des noirceurs des humains.
V*** ! je voudrois t'arracher de leurs mains,
Mais comment parvenir dans le fiecle où nous fommes
A venger les talens devant l'orgueil des hommes.
Dans le fein de la France, à Londres, à Berlin,
L'homme partout le même, a flétri ton deftin ;
Tu ne peux, fur la Terre, occuper une place,
Sans que l'envie ardente, y furvienne & t'en chaffe :

Errant & fugitif tu traînes fur tes pas
Un deftin immortel, qui preffe ton trépas,
L'envie, autour de toi, veille, rêve, & raffemble
Mille rapports fufpects, jamais d'accord enfemble,
Que la malignité réçoit avec ardeur
Comme un tribut honteux levé fur ta grandeur.

Jeunes gens, qui marchez dans la même carriere,
Brifez tous vos crayons, retournez en arriere,
Vous ferez plus heureux dans votre obfcurité,
Qu'en voulant faire un pas vers l'Immortalité.

Mais tous ces vains defirs ne fçauroient me furprendre,
Je m'en rappelle un feul, que je ne puis comprendre.
Du bien, qui nous perd tous, un grand cœur peut jouir.
On peut à la faveur marcher fans en rougir.
Un Roi, qui rend heureux, tout çe qui l'environne,
N'eft-il pas foulagé du poids de fa couronne ?
Un Héros, dont le bras eft guidé par l'honneur
Tire un folide éclat, de fa jufte valeur.
Un Auteur, quelquefois heureux & plein de gloire,
Parvient en triomphant, au Temple de mémoire,

B ij

Mais ce dernier defir, quels que foient fes effets,
Nous accable auffitôt qu'il nous a fatisfaits.

Vieilleffe, âge attendu de tous tant que nous fommes,
Venez, que je vous montre, & confonde les homme:
Ce terme de la vie, eft affreux à faifir,
Vivre longtems pour nous, c'eft lentement mourir :
A mille infirmités la vieilleffe affervie,
Dans l'horreur de la mort, paffe fa trifte vie;
Elle voit tour à tour périr tous les refforts
Qui dirigent fon ame, & foutiennent fon corps;
Mais je veux qu'on conferve, au fein de la vieilleffe
Dans un corps vigoureux l'efprit de la fageffe;
C'eft un état fujet à de plus grands malheurs,
Plus nous vivons longtems, plus nous verfons de pleurs.

Si Priam étoit mort, avant le rapt d'Helene,
Il n'auroit pas connu la mifére & la peine :
Mais fon aftre fatal retarde fon trépas :
Il voit les Grecs unis, entrer dans fes Etats;
Il voit, de fes remparts, Achille dans la plaine
Méditant des effets de vengeance, & de haine,

Attaquer, renverfer, & traîner fans pitié
Le Cadavre fanglant d'un fils facrifié ;
Il voit, fa Ville prife & livrée au pillage ,
Sa femme & fes enfans réduits en efclavage ;
Il voit, fon Ilion abandonné des Dieux ,
Sortir de l'Univers, en tourbillon de feux :
Alors, ce Roi caffé, que la mort environne,
Prend fes armes, foupire , arrache fa couronne ,
Embraffe fes enfans , & fe traîne à l'autel
Où la victime, enfin, reçoit le coup mortel.

L'illuftre Marius effuye une défaite ,
Dans des marais affreux fe creufe une retraite,
Supporte une prifon, où l'attendoit la mort ,
S'échappe, à la faveur de fon malheureux fort,
Pour traîner, fous les murs de Carthage affervie,
Dans l'opprobre & la crainte, une mourante vie.
Sa vieilleffe a fouffert tant de maux rigoureux :
Quel homme ? dans le monde eût été plus heureux,
Si, Vainqueur des Teutons, marchant au Capitole,
Efcorté des Romains, dont il étoit l'Idole,
Entouré , précédé, fuivi des Légions,
Et traînant dans les fers l'orgueil des Nations ,

B iij

Il eût rendu la vie, au comble de sa gloire,
En sortant fierement de son Char de Victoire.

Et Pompée ! honoré de triomphes divers !
Vainqueur de tant de Rois, libérateur des mers,
Pourquoi ? ne meurt-il pas, à la fleur de son âge,
Tout couvert des Lauriers qu'a cueilli son courage
Il n'obtient pas alors, un trépas, glorieux,
Pour céder au destin d'un jeune ambitieux ;
Pour survivre à sa gloire, & mourir misérable ;
Pour mandier l'appui d'un Prince méprisable,
Qui lui doit sa Couronne, & brave son malheur ;
L'immole, & teint le Nil du sang d'un bienfaicteur.

Séxe qui nous soumets à ton charmant empire,
Pardonne, si par toi je finis ma Satyre :
La beauté te séduit, l'œil en est enchanté ;
C'est, sans doute, un tableau de la Divinité ;
Mais ce tableau s'efface, ainsi que dans l'orage
Iris brille, & bientôt s'éteint dans le nuage.
O Séxe ! où portes-tu tes desirs orgueilleux ?
C'est l'éclat le plus court, & le plus dangereux.

Je ne puis me flatter de convaincre les Belles ,
Qu'un visage éclatant , soit un malheur pour elles ,
Mais je veux abaisser l'orgueil de leur beauté ,
Et les faire sortir de leur sécurité.

Femmes , vous voulez plaire , & je vous rends les armes ,
Mais c'est à vos vertus , beaucoup plus qu'à vos charmes ,
Le Sceptre vous est dû , conservez-le toujours ;
Formez-vous un esprit , qui succéde aux amours ;
Un caractere égal , une humeur obligeante ,
Une âme sans detour , sensible , intéressante ,
Vous gagnerez sans cesse , & ne perdrez jamais ;
Mais vous ne vous parez que de foibles attraits.
Nos hommages , nos soins , un respect idolâtre ,
Vous inspirent l'orgueil des Héros de Théâtre ,
Qui se croyant toujours , Romains , Rois , ou Sultans ,
Répondent au Public , comme à leurs Confidens ;
Ce ton , hors de la Scene , où finit leur empire ,
Devient un ridicule , & prête à la Satyre.
Jugez-vous , la beauté dans son régne flatteur
Joué un rôle aussi court , que celui d'un Acteur ,
Si vous ne vous formez , que le ton qu'elle inspire ,
Vous sortez de la Scene & n'apprêtez qu'à rire.

Je dirai plus , ce tems , des graces , des amours ,
Ce tems , dont vous comptez à regret tous les jours ,
Est obscurci souvent par notre perfidie ,
Par nos emportemens , & notre jalousie.

Ariane , l'écho répéte encor tes cris ,
Quoi ton cœur & tes yeux n'en sont pas attendris !
Sur des rochers affreux tu laisses ton Amante
Thesée , elle te tend une main suppliante ,
Tu la vois , tu l'entens , & tu ne reviens pas ,
Abjurer ton parjure & mourir dans ses bras.

Sur les bords Affricains , Dieux , quel bucher s'allume !
Quel est ce sang qui coule , & que le feu consume ?
C'est Didon , qui finit l'horreur de son tourment,
Aux feux de son bucher , je vois fuir son Amant.
Orgueilleuses Beautés , que vous êtes à plaindre ,
L'Amour dans ses transports est encor plus à craindre.

Quelle fille d'Enfer sort de l'épaisse nuit !
Le trouble est dans ses yeux , le remords la poursuit ;

Elle cherche le jour , pâlit à la lumiere

Détefte la Nature , & fe hait la premiere.

Cruelle jaloufie.... Ah , je te reconnois ,

La vertu devant toi reclame en vain fes droits ,

Tes yeux ne font ouverts , qu'en rougiffant du crime ,

Je ne vois que tombeaux , que poignards , que victime ,

Que d'illuftres beautés périffent fous tes coups ?

Mariane , Zaïre , on tremble encor pour vous.

Quel malheureux objet frappe mon âme émuë ?

* C'eft toi Defdemona , fur un lit étenduë

Ton repos, devroit bien défarmer un jaloux ,

Le crime ne dort pas d'un fommeil auffi doux.

Que vois-je ? à la lueur d'un flambeau qui s'avance ,

Ton Epoux , refpirant le crime , & la vengeance ,

Son œil eft égaré , fes pas font incertains ,

Il eft armé d'un fer qui tremble entre fes mains :

Il marche , en frémiffant , au lit de fon Epoufe ,

Quel moment , quel tableau , pour fa fureur jaloufe ,

D'abord , fon plein repos lui parle en fa faveur ,

Bientôt , ce repos même , irrite fa fureur ;

* Tragédie Angloife de Shakefpeare , qui porte le nom d'Otello.

Il se laisse attendrir à l'éclat de ses charmes,
Il en conçoit bientôt de mortelles allarmes ;
Desdemona s'éveille , & lui tend une main
Qu'il baise avec transport , & repousse soudain ;
Meurs, lui dit-il, Ingrate, & confesse ton crime ,
Il arrose de pleurs le sein de la victime,
Il soupire, il frémit, il l'accuse en tremblant
Desdemona sur lui jette un regard mourant ,
Serre , baise ses mains , pleure, se justifie,
Le Barbare agité l'écoute, s'en defie ,
Il décide, il suspend l'Arrêt de son trépas ,
L'embrasse, la poignarde , & meurt entre ses bras.
Tremblez , beautés, tremblez , les fastes historiques
Nous font frémir partout de vos revers tragiques.

Vous voyez avec moi l'abus de nos desirs,
Combien leur jouissance altère nos plaisirs,
O Mortels , revenons de nos erreurs extrêmes,
Et cherchions le bonheur , dans le sein de nous-mêmes,
Réglons les mouvemens d'un cœur ambitieux,
Que la raison nous guide , & non le merveilleux,
Ecartons , loin de nous , le poison de l'envie,
Ce monstre troubleroit le cours de notre vie ;

Un defir méne à l'autre, & l'envieux chagrin
Voit toujours dans autrui l'horreur de fon deftin.
Ne nous endormons pas dans un repos perfide,
Regardons fenfément tous les travaux d'Alcide,
Comme de vrais tréfors, beaucoup plus précieux
Que l'oifive indolence, où font nos demi-Dieux.
Soutenons le bonheur, & la fortune adverfe
Sans que l'un nous aveugle, & l'autre nous renverfe;
Eclairons notre efprit, ne le corrompons pas;
Apprenons à pefer la vie & le trépas.
La vie eft un bienfait de la bonté célefte,
Qui peut, entre nos mains, nous devenir funefte.
La mort, eft un bienfait, entre les mains des Dieux,
Voyons-la s'approcher, fans nous défier d'eux.
Je vous montre les biens que vous pouvez vous faire,
C'eft à vous de choifir & de vous fatisfaire.
O fortune, ô grandeurs, fi les foibles Mortels
Vous prodiguent l'encens, vous dreffent des Autels,
Ce n'eft qu'à nos erreurs, que vous devez vos titres;
Des hommes vertueux vous n'êtes point arbitres.

Comte, ainſi ton eſprit ſert de guide à ton cœur,
Ainſi tes ſentimens te ménent au bonheur;
C'eſt d'après un coup d'œil réfléchi ſur toi-même
Que j'ai, du Sage heureux, crayonné le ſyſtême.

FIN.

www.ingramcontent.com/pod-product-compliance
Ingram Content Group UK Ltd.
Pitfield, Milton Keynes, MK11 3LW, UK
UKHW020129080726
13614UKWH00005B/2130